KB135519

너의 안녕부터 묻는다

권순학 시집

시인동네 시인선 144

권순학 시집

너의 안녕부터 묻는다

시인동네

시인의 말

세상은
빛과 그림자로 피운 꽃으로
나의 안녕을 묻는데

나의 시는 언제쯤
너의 안녕을 물을 수 있을까?

2021년 1월
권순학

차례

제2부

제3부

제4부

제1부

이면지

가진 것 많아도 쓸 데 없는 이쪽과
가진 것 없어도 쓸 데 많은 저쪽

밤의 책장을 넘기듯
꼬기작꼬기작 접힌 이면지를 펼치면
비록 팽팽하진 않지만
빛과 그림자가 나타나죠

그때 이쪽과 저쪽을
엄지와 검지로 아주 살살 비벼 보아요
어둔 골목길 담벼락에 머리 기대고
기도하는 사람이 보일 거예요

종이 뒤에 선 사람의 숨결이 만들어내는
무소유의 세상
그 세상이 얼마나 따듯한지
금방 알게 될 거예요

둥근 모서리

처음부터 그러지는 않았다

신의 동의 무의미한 이곳에선
궁금증 쌓일수록 모를 세워야만 했고
절대 멈출 수 없었다
이어진 폭풍우에 모서리가 활짝 펼쳐지고
아픔과 후회의 파편들이 그대로 드러났다
안 된다 했건만 신(神)은 이미 단추를 눌렀고
풍경은 거울에서 지워졌다
함께 사라진 시간들
후회 그리고 미련과 둥글게 떠오를 즈음
곤궁하지만 침묵하는 입
모서리에 모인 방황하는 미래와 아직 시들지 않은 눈동자들
늦었지만 더 늦지 않은 사과로
십자가 하나 걸고 나무 하나 심어 주어야겠다
함께 수다라도 양껏 떨 수 있도록
돌 고르고 물 몇 바가지 부어 주어야겠다
찾는 누구나 기댈 수 있게

거름 한 짐 지어다 뿌리 멀리 묻어주고
열리는 것 하나 없더라도 외롭지 않게
긴 목줄 끝에 어린 그림자 하나 매어두어야겠다
남은 가지 있다면
차고 비는 거울 하나 잊지 않고

내겐 아직 둥근 발이 없다

이명(耳鳴)

자물쇠 하나 고장이 났다

종종 찾아오는 이명(耳鳴)
새가 집을 지었나 보다

새의 전생은 분명 나무였을 게다
뿌리박고 오르다 더 오르지 못하던 어느 날
날기를 결심하였을 때
솟지 않는 용기를 굴뚝이 부추겼을 게고
커질 대로 커진 불균형이지만
지워지지 않은 본능은
바람이 밀 때마다 기우뚱거렸을 것이다
계절을 접어 만든 날개지만
날면 안 된다는 것 알았을 때
바람 따라 훨훨 날아
귓속 어딘가에 묻어두었을 게다

뿌리까지 흔들리던 어느 날 벌어진 틈으로

그 소리 새어 나오는 걸 거다

열쇠는 반짝이고 있지만
새는 아직 보이지 않는다

검은 귀가(歸家)

한 올 거미줄에 걸렸다
얇은 생각과 더 가늘고 긴 시간
함께 걸렸다

혼비백산 조건반사와 침묵의 대치는 이어지고

소포 속 전신환처럼 허우적댈수록 조여드는 긴장
저쪽, 누구도 그럴 것이다

천길 폭포와 소용돌이
다시 고요히 흘러가는
엉킨 거미줄처럼 꼬인 생각과 거친 시간들

지나친 고요는 미수의 폭력이거나
돌아설 검은 고백

생략에 대한 선택,
자르거나 헤쳐 나오거나

딱풀

오늘도 풀칠을 한다
천직이지만
하면 할수록 야위어 가는 몸

족보야 찾으면 있겠지만
생긴 모습으로 보나
하는 일로 보나
무독성 고집으로 보나
그는 딱, 풀일 수밖에 없다

찾아오는 누구든
어느 하나 묻거나 따지지 않는다
짧은 혓바닥으로
목젖 보일 때까지
벌어진 사이나 틈
마르고 닳도록 핥아준다

햇살의 힘

따스하지만
천성이 직진이다

그 먼 길 쉼 없이 달려왔지만
꿈쩍 않는 바위 앞에선
어쩔 수 없나 보다

마주치면 원할 때만 기우는 동물처럼
아름다운 순간엔 누구나 흔들리는 것처럼

누구나 오를 높이
미끄러지지 않을 기울기로 다가온다

더 이상 갈 곳 없는 허공
그리 많은 줄 몰랐으리라
저리 간절한 줄 더욱더 몰랐으리라

가진 아픔 짊어진 무게 그대로

품에 안기는 영혼들

그만의 높이
그만의 기울기로
혼자 아닌 자신을 확인한다

비교

참 익숙하지만 무거운 그 말

누구나 무엇이든 적어도 한번쯤은
그 제물로 바쳐졌겠지만
SNS의 화젯거리 '계란 판과 갓 나온 종이 신문'
그들 효용성을 비교한다

바늘구멍으로 보거나 그냥 보면
한 줄 깨진 6x6 한 판
가까이 보면
평생 밟은 세상 다해봐야 신문지 반쪽에 들 로봇
뿌린 씨앗 품을 자리 서른이나 보인다
조금 더 자세히 보면
비닐도 벗기지 못한 채 끌려간 밤새 품은 따끈한 소식
중독성 윤전기 기름 냄새 모두 잃은 조상님이 보인다
뉴스 사설 스포츠 연예 광고까지
밤새 누군가의 손길 눈길 기다렸을 그들이건만
누군가의 배경이 된 그들

>

효용성 비교 전
너의 안녕부터 묻는다

돌아선 글자

설거지 하다 보니 알겠다
그릇에도 나름 맛이 있다는 것
언젠가 스쳤던 것들이 남긴 흔적이라는 것

밥상 어느 그릇이나 마늘 냄새가 난다

어느 글자든 날이 숨어 있다
향기 없는 문장마다 칼이 숨겨 있다

비틀릴 때마다 세워지는 날
돌아서면 꽂히는 비수

가까운 사이일수록 더 예리하고 깊다는 것
베이거나 찔려보면 안다

돌아선 글자 몇에 당한 적 있다
비문부터 쓴 적 있다

>

불안에 뿌리내린 편지
의심으로 써 내려간 문장
시작부터 아픔이고 상처지만
억지로 세워진 글자에서
쓰는 그가, 돌아선 그의 뒷모습이 보인다

스쳐 지나가는 종소리가 무겁다
내가 지은 죄
슬쩍 묻었나 보다

녹슨 나사

모르는 목숨 하나 거실에 떨어졌다
끈질긴 땡빛 독촉에 목숨 끊은 아버지
모든 것이 해체된다

잠그고 풀 수 있는 것 나사다
잠금과 풀림은 방향 문제지만 녹슨 나사는
소리부터 다르다

넘은 산 건넌 골 하나인데 물러서는 두 발
멀어지면 멀어질수록 흔들리는 둘

어디선가 만나 서로 기대어 디딘 첫걸음
다르지만 같은 호흡으로 돌며
힘들 때마다 닦고 기름 치며 조이던 그들
녹물 튕기며 ∅마저 풀고 있다

어쩌면 푼다는 것은 돌아가는 과정
쉬 갈 수 있도록 가벼워지는 것이리라

>

자신이 쥔 한 점부터 떠난 누군가의 흔적까지
남겨질 정적마저 비우는 것이리라

누구나 알지만 아무나 할 수 없는 그것

무궁화 열차 안에서

낯섦이 곤란함을 대신할 때
기적처럼 갈라지는 바다
누군가 무궁화 열차 객차 속에
배고픈 달을 숨겼나 보다
온기를 묻었나 보다

간헐적 부재중인 호모스마트쿠스*

까마득한 배후 향한 어린 병사의 총알 같고
늦었지만 늦지 않은 슬픈 고백 같은

죽은 것들이 산 것들 거꾸로 매달고
밑줄 따라 하나로 꿰는 녹슨 피를 가진 밤

열차는 멈출 줄 모르고 자정 향해 달린다

---

* 호모스마트쿠스: 스마트 시대의 기기와 서비스를 주도적으로 사용하며 자신의 일과 삶의 영역을 변화시켜 나가는 신인류를 뜻하는 말.

위로의 방식

꽃마다 피는 때 제각각인 것처럼
위로하고 위로받는 방식 가지가지다

꽃은 벌과 나비 입술로
나무는 바람과 새소리로
바위는 햇살과 시간의 발자국으로
동물은 먹히고 먹는 것으로

칼도 그렇다
보름달로 갈면 단맛 내는 칼은
그 어떤 무엇보다도
그믐 달빛으로 갈아야
제 맛이 난다

사람은
사람이 해야
진정 위로가 된다

주름치마

빛 아래 머물다가
암흑 속 들게 되면
누구나 예외 없이 눈앞이 캄캄한데
눈감고 잠시 있으면 펼쳐지는 풍경들

종일 고단했을
어느 섬이 벗어놓은 허물 같은

V 대열에서 떨어진 한 대야 구름 같지만
그녀만 들면 그만한 요새 없는

반의반 평 안 될지라도
하늘 품고 바다 호령하는

멍석은 늘 앞마당에 깔고
별은 갈매기 부리 위에 도톰하게 쌓으며
그늘만은 티끌만 할지라도 뒤꼍에 묻는

>

천방지축 조각배

거친 파도 헤치며 먼 길 떠날 수 있던 것

밤낮 밀려오는 파도 몸으로 막는

그 성(城) 있었기 때문이리라

골목길

잘 발라진 생선가시 같기도
설익은 한 줄 내장 같기도 한
늘 굼벵이 그림자 서성이는 골목길에선
항상 부지런하고
매번 반성한다

수없이 만나고 더 많이 헤어진 그곳엔
두근대는 발걸음
흐느끼는 낙숫물과
허둥대는 시간까지 그저 내 탓이라는
산 짐승이 묻혀 있다

달빛 쌓이면 드러나는 그 얼굴
귀 고르면 들리는 그 말들
많이 바쁘냐?
무슨 일 있으세요?
아니다
그럼 다음에

아니 괜찮다가 반짝이는 그 골목길

졸 졸 졸 흐르다 이제는 끊겼다

기도라는 것

울다가 웃는 것이 기도고
웃다가 우는 것도 기도다
감각 없는 시간 울림 없는 공간일지라도
하늘이든 땅이든 뭐든 울려야 기도다
울릴 수 없다면 너라도 울어라
무엇이든 울릴 수 있어야 기도고
함께 우는 누군가 있어야 기도다
어떤 이는 어제를 지우려 기도하고
또 어떤 이는 다시 올 어제를 위해 기도한다
닿지 않는 기도는 불평등한 음모
오지 않는 은총은 잘못된 주소
누군가는 들을 이를 위해 기도하고
누군가는 기도를 위해 기도한다
누구나 하는 것이 기도고
누구나 할 수 있는 것이 기도다
닿을 듯 말 듯 하는 것이 기도다
이루어지지 않는 기도라도
이루어질 수 없는 기도라도

해야 기도다

삶이 기도고 기도가 삶이다

수제 손가방

계절이 바뀌는 사이
아내 소품 가방에 꽃이 피었다

하늘 향해 가로질러 뻗은 가지
제 길 찾는 무성한 잎
앉아 지저귀는 새와 함께

자수로 피운 그 꽃과 잎
이리 오래 필 줄,
수줍은 암수 한 쌍
함께 노래하며 여기까지 올 줄
누가 알았으랴

지금처럼 침침한 눈이 될 때까지
땀과 땀 사이 수(壽)를 놓은
아내의 삶처럼

제2부

둥긂에 대하여

둥긂을
궁금이라 하리

직선 아닌 곡선적 천성에 맞게

둔각보다 평안한 둥긂
직각처럼 이별 없고
예각처럼 모나지 않은 이름으로

때로는 얼음만큼 차거나
체온보다 뜨거운 내면답게

찾아오는 누구나 그냥 그대로 안아주는
한 점부터 무한까지 품은
모성애 같은

궁금, 그것뿐이리

사나운 닭

노점에서 배 한 봉지 샀다
절반 값 달걀 한 판 사서 집에 오니
배만 여기저기 멍들어 있다

과일의 내력
껍질 벗겨보면 알지만
더 깊이 알려면
껍질에 새겨진 무늬를 읽을 줄 알아야 한다

마늘 양념 옛날 통닭 먹으며
맛에 놀라고 사나운 닭에 더 놀란다

긴 목 겁탈했다고
이쑤시개 반의반도 안 되는, 그것도 잔뼈가
입 안에 피를 부른다

그 목이나 이 목이나
날마다 목소리 높이려면

길게 늘이지 않으면 안 되는 처지

단골이 단골답지 않거나 팬데믹으로 민감해졌나 보다

예전에 아이 셋과 치킨 먹을 때마다
목과 날개 즐겨 먹던 아내
배려한 오늘은 닭보다 훨씬 더 사납다

묻지 않은 생각, 위험할 때 많다

고별의 변(辨)

덩그러니 놓인 구두 곁 우두커니 선 현재는
과속이 떼어간 딱지

달팽이 하나
보름달 관(棺) 짊어지고
더듬이 앞세워
맨땅 먼 하늘만 바라보며
끊어진 시간 밟고
엉금엉금 서쪽으로 가고 있다

뚝뚝 떨어지는 이별과
알 수 없는 곳을 향하는 방향지시등

어딜 가더라도 놓지 말아요,
까마득한 시작 후 남겨진 꼬리

끝은 바로 거기가 아니기에
우리는 영원히 교차할 수 있다

>

비록 가는 길 다를지라도

그것도 우리들 몫이라는 것까지

발치

이별은 언제나 차갑고 하얗다

부르지도 않았는데 찾아온
유독 긴 그해 장마처럼 예정된 이별이었다

바람 스칠 때마다 등이 시렸다

가끔 흔들리기는 했지만
이 악물고 걷던 걸음
생각만큼 가볍지는 않았다

숨조차 버거웠을 그 많은 순간
고독한 어둠 두터운 기다림으로
보탠 건 무엇이고 덜은 건 무엇이었을까

아직 보낼 때가 아닐지도 모른다

빨랫줄

누가 그었을까,

문도 창도 없는
저 야문 한 줄 허공

위로는 하늘 뿌리 가지런히 자라고
아래로는 거친 낙원 펄럭인다

세월에 꾸벅꾸벅 하면서도
젖은 것들 안는 순간
하늘과 땅 호령하는 그것

뜨거운 한낮은 낮잠 사이로 흘러가고

노을 붉게 필 무렵 피어나는
꼬부랑 또 한 줄

바람이 묻는다

바람에게도 무늬가 있다
향이 있다

이름만으로 느껴지는 그 멋과 맛
수없이 의심하고
더 많이 돌아서는 습관 아닌
늘 낮은 곳으로 향하는
그녀의 천성 닮았다

얼음 풀린 금강가
멈칫대는,
한 줄기 바람 있다

아주 오래전 고향 떠나왔을 그것
희미하지만 익숙한 맛과 멋

돌아올 기약 없이 떠나는 누군가
묵은 자개장롱 깊숙한 곳에서 꺼낸 친정 같기도

눈물로만 열릴 유언 같기도 하다

그럼에도,

안녕을 물어오는 그 바람

삶은 그렇게 완성되리라

아직
청춘이지만

퍽 소리 한번 질러본 적 없는
화장 한번 한 적 없는
그러나 어처구니없이 가려는 이를 위해
떠나보내는 자들이
흔들리지 말라고
잊지 말자고
눈물 젖은 꽃으로 약속을 한다

술은 적이고 동지지만
제사 술은 술이 아니라며
함께 제를 지내자던 이를 위해 잔을 올린다

부고보다 더 빨리 달려온 부슬비는 그칠 줄 모르고

남은 체온으로 불 당겨지고

시간은 굽어
그가 다시 돌아왔을 때

삶은 그렇게 완성되리라

샤워 레시피 하나

시장에서 두부 한 모 골랐다
머릿속엔 두 父 한 母가 맴돌았지만
붉은 세일 딱지가 카드 작동시켰다

냉장고에서 청국장과 며칠 묵은 두부
굳은 표정이다

칭찬과 질책 반복하는 샤워

나만의 레시피
무겁지만 향기롭게 공개한다

먼저 입부터,
뱉었으나 이에 걸리거나 물린 말들
혓바닥 밑까지 하얗게 닦는다

해진 수건에 거품 듬뿍 담아
어제를 닦고 오늘을 코팅한다

>

둘 있으면 좌우 순서 바꿔가며
기억은 찬물로 지워낸다

늘 가득 찬 배를 스쳐
고군분투하는 발바닥까지 위로한 후
누군가가 기댔거나
기댈 등 토닥이며 종료한다

참새와 허수아비

1.

아이들 학원비에

바람에 날 것 같은 핸드백 끌어안고

금은방 찾은 아내

다이아 반지에 취해

불어터진 그날 밤

2.

나는 참 좋은데도

너는 마냥 싫다 하니

네가 좋은 것이라면

괜스레 싫어지는

넌 참새

난 허수아비

허허벌판 우리 둘

기다림

그것은 한 송이 꽃

환희로 피고
누군가 닿으면 지는
한 줌 모래꽃

보일락 말락
마냥 바라만 보며
빨갛게 달아오르는

홀로 피었다 떨어지는
동백꽃 같은

소나기

느닷없다는 말
부서지기 쉬운 그 말
언제 어디서나 무서울 수밖에 없으리라

착한 것은 늘 멀리 있고
무서운 것들만 가까이 있다는데
멀리서 달려온 점의 소묘
흠씬 맞았다

중력을 잃은 건지
뒤에서 햇살이 밀었는지
느닷없이 달려와 역정부터 낸다

때로는 잔뜩 별러 쏟을 것 같다가
슬쩍 거두거나
흠빽 쏟아내고는
모른 척 쌍무지개 띄워 덮는다

>

푸석한 허공 다진다는 멀고도 가까운 그 속
폭력인지 사랑인지 알 수 없다

부러진 햇살 모아 자세히 보지 않아도
예전 같지 않은, 그 느닷없음

층간 소음

— 삶의 알고리즘

지진이 잦다
천년 돌부처도 안절부절못할 여진
천장 뒤흔들고 있다

뒤틀리고 금 간 아래층 위층 사이

멀기만 하던 단층지대와
거대 진앙
무너진 보호구역

때맞춰 당도한 옆에 옆집 문자
쉬는 데 미안하지만,
현관 문고리에 시골에서 키운 상추 걸어두었으니
맛있게 드시소

무너진 보호구역 재건할 그 말 한마디
미안하지만,

>

위층으로 가면
'법대로 하라'로 변하는 그 말

여진 속, 같은 말들
다른 주파수
다른 크기로 진동하고 있다

그 강물의 색

이유는 알 수 없지만
물보다 많은 어둠 뒤섞인 그 강은
방고래처럼 죽은 듯 꿈틀대야 했고
그리 흘러야만 했던 강물은
그 색일 수밖에 없었을 것이다
가끔 달이나 별 찾아오기도 했지만
더 드물게 누군가의 찬사 뿌려지기도 했지만
과묵한 그 강물은
쌓이는 시선 퍼지는 소문에
더 짙어질 수밖에 없었을 것이고
그렇게 밑바닥까지 갔을 것이다
더 갈 수 없음을 알게 된 어느 날
구름은 놀라 강물로 뛰어들어야만 했을 것이다
세상 모두 하얀 겨울날이지만
매한가지 혼자였지만
하늘 품었던 그 강이
사람 냄새 나던 그 강물이
하늘마저 삼킨 뱀이었기 때문이 아니라

썩어가는 허물 벗겨주지 않으면
당장이라도 죽을 것만 같았기 때문이리라
함께 천년만년 살고 싶었기 때문이리라

중고 장터

쌓인 먼지까지 긴장한 중고 장터
돌아서는 발보다 더 차가운 외면 그득한 그곳

긁히거나 접힌 시간이 팔려 간다

시선에 찍히거나 묵은 소원에 안겨
기쁨이 따라가고 서러움이 묻혀 간다

누구에게 버림당한 적 있어도
고물인지 보물인지
남은 수명까지 아는 자만 안다

사연 하나 없다지만
선부른 고백은 날 선 도끼
더구나 슬픈 고백은 비문이라는 것
누구나 다 알고 있다

유행은 자신이 만든 자살폭탄이고

연식은 누군가 쌓는 모래성이라는 것

기댐 포갬 맞물림 사이로 새는 냉기
우리들 눈빛 같다

스테이플러

악어의 입을 가진
본명보다 더 굳은 별명 가진
수없이 이 악물지만 늘 빈손이다
철의 여인답게
또박또박 뱉는 말마다
그 누구도 거역할 수 없고
오히려 귀 맞대게 하는
철심 박혀 있다
접힌 허리지만 정갈한 마음 가졌다
겸손한 노동으로
팔짱 낀 장정 두 팔 벌린 아낙 품에
조무래기들 줄줄이 딸린
한 가족이 탄생한다
바람 불고 계절 바뀌어도 도망치지 않는다

제3부

백자달항아리

막,

다시 흙으로 돌아가는
슬픔을

흙으로 빚을 수 있다면
그릇으로 담는다면
무늬 넣어 칠한다면

딱
그일 거다,

사금파리 같은 침묵
깨고 다시 돌아오는 고요

그래도
아직 놓을 수 없는

찔레, 그 꽃

오월 손끝에
쓸쓸함이 걸려 있다

보낸 사람의 흩어진 향기
떨어진 거미의 하얀 비명 같은
붉은 눈물이 맺혀 있다

떠난 사월의 허물처럼
늦는 유월의 변명처럼

너머 누군가의 망설임
바람의 녹슨 푸념 같은 그것

가시와 가시 엉킨 철책 사이
기대 웃는 뒷모습

한결같은 오월 손끝에
찔레, 그 꽃 피어 있다

너의 꽃

한낮 별처럼
보이지 않지만
어디선가 너를 위해 피었거나 질 그가
꽃이다

누가 찾지 않아도
제자리 거기서
그저 웃고 있는 그가
진정 꽃이다

우연 아님 필연으로
언젠가 스쳤거나 스칠
이름 모를
이름 있는
하나 혹은 무수히
그가 너의 꽃이다

돌아보지 않는 눈

고동빛 몇 알로 손에 쥔
누군가 놓거나 잃었을 가을부터
그 봄 아닌 봄까지
생과 사에 대해 흔들리는
파랗게 얇은 생각

해도 뜨기 전 그냥 끌려간
수없이 뜨겁고 더 많이 차가웠던 날들

누군가의 오작동에
비(碑)에 새겨질 울음조차 남기지 못한 채
화산섬 구덩이에 묻혀버린 숨

해변 모래밭에 스며든 파도만큼
빛과 어둠 뿔뿔이 흩어져 사라질 즈음

아직인 것
비명(碑銘)과

먼 바다와

더 먼 도시와

태양계 떠난 명왕성과

비닐우산부터 펼치는 무작정과

시간의 벗겨진 비늘과

더 더 더 먼

돌아보지 않는 눈뿐

삼색 볼펜

한 지붕 아래 세쌍둥이라도
색깔부터 다른 그들
치와와 앵무새 금붕어처럼
가는 길 누울 자리 제각각이라는 것
안 봐도 안다

언젠가 도원결의했을 그들
바늘구멍 앞에서
함께할 수 없다는 것
질 수 없다는 것
속으론 굳히고 있었으리라
마냥 기다리는 동안
제 명 또한
자신만의 일이 아님을 알았으리라

가끔
검정 머슴이
빨강 파랑의 안녕을 묻는다

아지랑이

저것들 다 잡아다가
하나도 남김없이
꼬면 실 될까
심으면 꽃 필까
바르면 천사 될까
팔면 부자 될까
먹으면 어른 될까
생각한 적 있었다

무료급식 옥수수빵 하나
책보 속에 싸매 달릴 때
무명 치마 한 조각
이름표 아래 꼭꼭 숨을 때
노랑나비 하나
훨훨 날아갈 때

그냥

한동안 누가 나이를 물으면
그냥, 스물아홉이라 했는데

딸이 스물아홉 넘겼을 때
그냥, 쉰아홉이 되었다

흐리거나 비 오는 날이면
점심이건 저녁때건 그냥
바지락칼국수 집에 달려가는 것처럼

눈빛 한 젓가락에 걸린
한 숟가락 입술처럼

그냥 문득 문득 떠오르는 불연속에
그냥 열리는 눈물샘처럼

점점 더 시려질 이별
후루룩후루룩 넘기고

>

그냥,

빈손으로 터벅터벅 돌아가는 것처럼

봄, 아시나요

누구도 본 적 없고
아무도 모른단다

젖 물린 아기 어미 사이에 흐르는
불립문자 아니었다면

시리던 그 겨울밤 결단코 없었으리라

돋아난 그 무엇도
피어날 그 누구도

심지어 아지랑이조차 한낱 꿈이었을 것이다

목련

숫기 없는 가지에서
달이 뜬다

그믐으로 떠
남에서 북으로 번지더니
하현 보름 거쳐
다시 그믐으로 완성된다

그림자마저 뽀얀,

까마득히 먼
하염없이 흔들리는 햇살 속에서

소복 차림으로
걸어오는 이 있다

이 땅 어딘가에

가보지는 못했지만

이 땅 어딘가에
노을마다 떨어지는 새의 깃털 같고
마지막 날갯짓 같은 파도 있을 것 같다

해도 왜구도 삼킨 그곳이지만
피지 못한 꽃 꺾은 모가지 어쩌지 못해
울고 있을 물길 있을 것 같다

보지는 못했지만

절단된 시간 표류하는 거기 어디쯤
침몰하는 그 아침 '사랑ㅎ' 미완성 문자도
끊이지 않는 절규도 있을 것 같고
그 모든 것 외면한 걷히지 않는 안개 속
무언가 숨어 있을 것만 같다

>

꾸역꾸역 돌아오는 봄이지만

아직 돌아오지 않는 그 꽃 달아보지 못했지만
믿음이 기다림을 버티게 하는 그 포구 어귀
노란 리본 있는 한
어떤 의심보다 먼저
그 바다 통째 건질 누군가 꼭 있을 것만 같다

이 땅 어딘가에

비대칭에 기대어

소나무에 기대어
허공을 본다

명품 아닐지라도
마음껏 휘젓는 하늘과 여백

허공 향해 기꺼이 던진 몸짓으로
거친 갑옷 속 내면을 읽는다

잔잔한 솔잎
밤에도 검어지지 않는 눈빛을 본다

연속 불연속의 공존과
노랑 파랑까지 어우른 긍정과

붉은 눈빛에 세뇌되지 않는 비대칭에 기대어
지난날을 돌아본다

@

새벽녘 나팔꽃에 웅크린
이슬처럼

아련한 첫사랑을 추궁하는
입술처럼

한밤
누군가에게 묻는다

뒤척이는 안녕을

물의 힘

물은 말이다
누구한테라도 배우기는 열심이지만
억지로 가르치려 들지 않는 거라
게다가 남 밀어주는 일은 선수인데
제 앞으로 끌어당기는 것은 맹추인 거라
인적 없는 산골짝 이슬조차
거북 등 찾아 나서는 거 보라
바람도 숲도 새도 이구동성으로
꽉 잡지 않으면 밀린다 해도
오히려 티를 씻고 들보 뽑아 나르는 거라
폭포나 늪 마다하지 않고
혼자 웃고 울며 거북에게 가면서도
그 누구에게 강요하지 않는 거라
속으로 하소연과 기도는 해도
절대 탓은 않는 거라
그러면서 하늘까지 가는 거라
그게 물인 거라

made in 봄

유리창에 봄이다 하니 봄이 걸렸다
새야, 새야 하니 까치 날고
나비야 하니 꽃향기 가득하다

밖을 보는 너의 풍경처럼 너를 보는 누군가 있다

흔들리는 풍경은 풍경 속으로 사라지고
갈증은 가려움으로 번져갈 즈음

액자에 갇힌 끓는 고요
밀랍 인형처럼 녹아 알람 위 몇 시쯤 누워 있을까

흔들린다는 것
말부터 불안한 그것
뒤에는 꼭 뭔가 있을 것만 같다

made in 봄처럼

무지개

맑은 날보다
흐렸다 갤 때 더 또렷하다

함께 있을 때 더 환하다

우리 모두 그렇다

제4부

종이접기

종이로 사랑을 빚을 수 있다면
그것도 꼭 하얗지 않아도 된다면

지나치면 안 되지만
누구나 무엇이든 담을 수 있는 그런 사랑
종이로 접을 수 있다면

쥐거나 놓치면 아파도
품으면 날아갈 것 같은 그런 사랑
놓으면 날아갈 것 같지만
점점 더 뜨겁게 다가오는 그런 사랑

줄 줄 몰라도 받을 수 있거나
받지 못해도 줄 수 있는 그런 거 말고

태양같이 익어가고 별빛처럼 다가오는
그런 사랑 하나
종이로 빚을 수 있다면

어둠도 빛이

사월이 잔인한 것은
흐드러진 꽃 때문이 아니라
그럼에도 오기 때문이라고
누구도 말하지 않았다

살다 보면 에스프레소 같은 날도
아포카토 같은 때도 있지만
잔만 바라보아야 하는 날 많고
빈 잔조차 없는 날 더 많다고
아무도 말하지 않았다

밤마다 글썽이는 별
누굴 찾으며 낮에도 저러고 있다고
그 뒤에 그가 있다고
누군가 말할 줄 알았다

누구는 잊고
누구는 세고

누군가는 세며 잊지만
어둠도 빛이 될 수 있다고
나도 그럴 수 있다고
누구도 말하지 않았다

혼자 먹는 밥

언제부턴가 빵보다 밥이 좋아졌다
수저 부딪치는 소리가 좋아졌다

혼자 먹는 밥보다
식탁에 둘러앉은 얼굴
하루를 되새김질하는 저녁이 좋아졌다
설거지하며 쌓인 피로까지 씻고 싶어졌다

물음표는 가고
느낌표만 남은

혼자 먹는 밥은
밥이 아니라 눈물이라는 생각

수소(水素)

그녀 이름은 H
주민등록번호는 가장 빠른 1
뭐든 맨 앞은 비중 있기 마련인데
성질부터 주변과는 딴판인 그녀
누구는 경망스럽다 하지만
스스로 탈 줄 알고 폭발할 줄 안다
몸도 마음도 이름 따른 그녀
우리들 넷 중 셋이 그녀라니
몸과 마음 거의 그녀 것일 게다
밤낮 주변만 맴도는 그녀에겐
손발 놀려 안팎 먹여 살린 흔적
우글쭈글 껍질 있고
그 안에 허공 아닌 내공 있다
무엇에도 흔들리지 않는 그 한가운데
아무것도 아니라지만
뒤집히면 천지개벽하는 무언가 있다
먼저 떠난 누구도 그랬었다

그들의 집

저 먼 섬 속 섬, 한라산 중턱
까마귀 울어대는 그곳
빼곡한 집집마다 묵은 어둠 자욱하다
바람 타던 깃발들
분화구 비워두고 다들 어디 갔을까
행 방 불 명, 평화공원
문패 둘 덩그러니 달아둔 그곳에
까마귀는 왜 제 눈알 파낸 부리 심어두었을까
해묵은 시집 뜯긴 뒷장 같은 그곳에서
어린 신발 그리고 검정 냄새가 난다
어디에도 없는 붉음 펴 나르는 어느 그믐밤
바늘구멍 찾는 이 있었을 거고
분화구 태우는 이 있었을 거다
몽롱한 부엌 나태한 안방 해체한 자리
창문 몇 걸고 부지깽이 든 모자 하나 모셔와
허공을 휘젓고 장식하는 자 있었을 거다
백내장 낀 해와 달처럼
붉음이 투명 뱉을 줄 모르고

검정이 검음을 삼킬 줄 모르는

녹슨 문패 너머 가려운 마당

피지 못한 그들 다시 돋고 피려면

안방 차지한 묵직한 그림자 걷어내고

얼마나 닦아야 할까

어디까지 파내야 할까

마스크

그는 누구를 대신하고
기타를 거부한다

야윈 허공 누비는 부스러기들
법석댈 때마다 긍정과 부정 사이
점점 더 멀어져 간다

격리된 입과 잎은
사이렌에 실려 어디론가 사라지고
물음표 쳐진 창문마다
검은빛과 흰 소리 넘쳐흐르는 일상이다

포장된 참선 기도 접어두고
객관으로 무작정 달려가
자신을 던지는 잎과 입

앞으로 있다면,
희든 검든 그도 마스크이리라

케미컬 라이트

오래되면 뭐든 흐릿해진다
희미해진 무엇이든 못쓰게 된다
아끼면 아낄수록 더 그렇게 된다
어둠조차 차가운 냉장고 구석
언제부턴가 그곳 차지한 케미컬 라이트*
가지런히 정렬된 네모 상자 속
임박한 몇 빼고는 미동조차 없는 그것들
어디 처음부터 그랬으랴
누가 부르지 않아도 스치기만 하여도
밤새 혼불 쏟던 그들
시작은 맨 앞이었건만 떠밀려 간 그곳
홀로에 익숙한 이제는
뭘 해도 눈빛은 고사하고 달팽이관조차 닫는
미지근한 밤이다

---

* 케미컬 라이트: 단기간 빛을 내는 광원 막대. 형광봉이라고 한다. 분리된 물질들을 이루는 반투명한 플라스틱 튜브로 이루어지며 이 물질들이 병합되면 화학 발광을 통해 빛을 낸다.

주목(朱木)

주목은 말이다
명당 잡으려 깊은 산 찾아 든 것도
새가 되고자 구름 속 든 것도
별이 되고파 하늘 오른 것도 아니라
그저 기도하러 거기 갔던 거라
둥지 찾는 새 쉼터 찾는 구름 있기에 품은 거라
그러는 사이 후회 끼어들지 못하게
나이테 촘촘히 그렸던 거라
세상 어느 누군들 알았겠나
바람과 구름과 별과 매일 밤 함께 지새다 보면
참말로 하늘이 다 된 줄 알게 된다는 것
그럴 때마다 뿌리부터 잎까지 바람에 태워
새처럼 동서로 균형 잡고
남북으로 훨훨 날아갈 자세 익혀야 했던 거라
마음까지 뜨겁게 해두어야 했던 거라
질긴 사슬 끊지 못했던 거라
어느덧 잃어버린 하늘 잊힌 제단일 수밖에 없지만
주목은 말이다

지금도 저렇게 새가 남긴 족적만 보면
흩어진 구름보다 더 많은 기도 올리는 거라
그러니 웃음도 울음도 아닌 그저 주름만 지는 거라
그렇게 살아 천년 죽어 천년 보내는 거라

누구나

손금이
왜 손바닥에 있는지 알려거든
눈앞이 캄캄할 때
쥐었던 주먹
연꽃 피는 속도로 펴 봐라
점점 짙어지고
굵어지며 늘어나는 길들
그 길 홀로 가다 보면
누구나 저절로
다시
주먹 쥐게 된다

촛불

가는 몸뚱이에 심지 곧게 박은 너를
힘껏 끌어안지 않아도
그렁그렁 북받쳐 넘치는 눈물
굳이 닦아주지 않아도
친구처럼 너는
온다

휘몰아치는 바람 속
굳이 달려가 잡아주지 않아도
어둠 향해 저항하는 눈빛
어루만져주지 않아도
가족처럼 너는
온다

오랫동안
내 가슴속을 밝히고 서 있는
어머니처럼
결코 지지 않는다

그리운 술

술이 그리울 때 있다

외롭거나 힘들지 않아도 그럴 때 있다

김치 한 조각 없어도 골방 찾지 않아도
술이 밥보다 단 때가 있다

오른손이 채우고 왼손이 비워도
술이 누구보다 따뜻한 때 있다

그런 날이면 누가 말려도
다른 무엇 제치고 술에게로 간다
씁쓸한 만남일 수 있지만
때로는 터질 것 같은 술이지만
알면서도 찾아간다

잊은 지 이미 오래인 청춘이지만
꺼져버린 중년이지만

누가 부르지 않아도
산소 같은 시원한 바람 타고 한라산 오른 처음처럼
하얀 잎새 위에 이슬 맞으러
술에게로 달려간다

타인의 눈으로

깜빡 가로등과 긴 기억 사이
타인의 눈으로 인화한 공원

바람 타고 흥얼대는 그네 두고
철봉 미끄럼틀로 모인 이빨 빠진 네온사인들

백열전구 속 파고든 풍경만큼 기울어진 시소 위
주인 한입 베어 문 붉은 입술 종이컵

집 나온 개와 발정 난 고양이 사이
야성 불태우는 꽁초와 병나발들

모든 존재에 공감하고 장소를 의심한다

바닥에 널브러진 푸념들과
벤치에 들러붙은 표절까지
밤의 부분집합으로 굳어가는 엔딩 타임

>

브레이크 고장 난 여명 앞에 두고
안개 속으로 끌려가는
깜빡이는 신호등의 푸른 휘파람 소리

배송 안내 문자 메시지에 대한 답의 기본형

당일 혹은 이틀 살이 택배 상자
그보다 몇 발 먼저 도착하는
기다림의 선물, 배송 안내 문자 메시지

누구나 받지만
그렇다고 누구나 답하는 것은 아닌 그 메시지
그에 대한 답의 기본형은

아무리 꽉 쥐어도 부서지지 않을
수고 많으십니다, 로 시작해

손가락마저 고개 숙여
미안하지만, 으로 잇고

여름엔 시원하고 겨울엔 따끈따끈할
감사합니다, 빠뜨리지 않고

죽도록 피곤해도 집에 다시 가실 수 있도록

오늘도 건강하시고 행복하세요, 를 적는다

그리고 마침표는 문 앞으로 찍고

사이다에 막걸리

사건의 시발점 우연인 경우 많다

방학 때 할아버지 댁에 가면
숙부는 산비탈 인삼밭으로 데리고 갔다
젖은 풀과 땀을 이겨 거름을 만들었다
인삼은 그것으로 몇 년을 버텼다

타는 목마름이 현기증 부를 때마다
숙부는 사이다에 막걸리를 발라 주셨다

뚜껑 열릴 때마다 야위어 가는 사이다와 막걸리
처음엔 날씬한 바람
떨어진 하늘인 줄 알았다

물어뜯긴 보름달 조각 찾는 비포장 골목길처럼
톡톡 쏠 사연 있는 줄 몰랐고
착한 어느 눈동자의 배설 아닌
푸른 연인이길 바라는 줄 더욱 몰랐다

>

지독하고 기막힌 그 길
요즈음은 막걸리에 사이다로 걷고 있다
실수한 파가니니나 고집 센 고흐처럼

기울어진 지구

위태로운 각 23.5도

하루하루 버티려면
딸린 달 데리고
가깝고도 먼 태양 주변
꾸역꾸역 자전 공전해야 하는 지구

버틴다는 것,
꼭 의무만일까

기울게 태어나
하루하루 더 기울어가는 나

내가 가장 기울었을 때 떠오르는
기울어진 지구
생명의 각 23.5도

해설

안부(安否)의 의미와 시적 기도(企圖)

고영(시인)

1.

우연히 전기 콘센트나 방문 손잡이를 보고 사람의 얼굴을 떠올리는 것도 '진화 흔적'이라 한다. 인류의 '진화 흔적' 대부분은 꼬리뼈나 사랑니처럼 몸에 남아 있지만, '얼굴'을 통해 상대의 존재를 파악하려는 시도처럼 무의식에 새겨진 것도 있다. 단순하게 말하면 '몸과 무의식'의 총화(總和)를 문화라 할 수 있고, 문화의 발달이란 바로 '몸과 무의식의 진화'에 대한 올바른 이해와 방향 설정이라 할 수도 있다. 바로 이런 의미에서, 권순학 시인의 이번 시집, 『너의 안녕부터 묻는다』는 존재와 타자의 관계 맺기에서 출발하여 그 의미를 묻고, 나아가 지향하는 '세계—삶'을 완성하려는 순수한 '기도'의 단계로

나눌 수 있다.

오늘도 풀칠을 한다
천직이지만
하면 할수록 야위어 가는 몸

족보야 찾으면 있겠지만
생긴 모습으로 보나
하는 일로 보나
무독성 고집으로 보나
그는 딱, 풀일 수밖에 없다

찾아오는 누구든
어느 하나 묻거나 따지지 않는다
짧은 혓바닥으로
목젖 보일 때까지
벌어진 사이나 틈
마르고 닳도록 핥아준다

—「딱풀」 전문

인용한 작품의 대상은 아무리 요리조리 살펴봐도 문구용품인 '딱풀'이다. 표면에 드러난 대로 '딱풀'의 용도와 성질, 외형의 변화를 특별한 수식이나 기교 없이 있는 그대로 보여준다. 이 작품에서 주목할 점은 두 가지라 할 수 있다. 하나는 낮은 강도에서 '의인법'이 사용된다는 점이고, 다른 하나는 2연의 마지막 행 "그는 딱, 풀일 수밖에 없다"는 구절의 '딱, 풀'이라는 일종의 언어유희다. 이름, 제품의 일반명사를 특정한 성질이나 성향의 고유명사로 만드는 것이다.

주지의 사실이지만, 의인법을 사용하는 가장 중요한 이유는 대상을 새롭게 발견하기 위한 것이 아니라 그 대상을 통해 인간 행위의 어떤 부분이나 행태를 비판하거나 돋보이게 하기 위함이다. 이 작품의 경우, '천직', '족보', '고집'과 같은 개념 어휘와 '혓바닥'과 '목젖' 같은 신체 용어가 의인화를 반증하면서 동시에 '딱풀'의 의미가 중층적임을 암시한다. '그'라는 3인칭으로 호명되었지만, 그보다 더 중요한 건 '딱풀'이 호명되고 있다는 점이다. 즉 쓰고 폐기하는 사물이 아니라 관계로써 대자(對自)의 자리를 허락하고 있다는 점이다. 이는 유사한 다른 작품들을 통해서도 충분히 납득이 가능하다.

악어의 입을 가진
본명보다 더 굳은 별명 가진
수없이 이 악물지만 늘 빈손이다
철의 여인답게
또박또박 뱉는 말마다

그 누구도 거역할 수 없고
오히려 귀 맞대게 하는
철심 박혀 있다
접힌 허리지만 정갈한 마음 가졌다
겸손한 노동으로
팔짱 낀 장정 두 팔 벌린 아낙 품에
조무래기들 줄줄이 딸린
한 가족이 탄생한다
바람 불고 계절 바뀌어도 도망치지 않는다

—「스테이플러」 전문

모르는 목숨 하나 거실에 떨어졌다
끈질긴 땡빛 독촉에 목숨 끊은 아버지
모든 것이 해체된다

잠그고 풀 수 있는 것 나사다
잠금과 풀림은 방향 문제지만 녹슨 나사는
소리부터 다르다

넘은 산 건넌 골 하나인데 물러서는 두 발
멀어지면 멀어질수록 흔들리는 둘

어디선가 만나 서로 기대어 디딘 첫걸음
다르지만 같은 호흡으로 돌며
힘들 때마다 닦고 기름 치며 조이던 그들
녹물 튕기며 ∅마저 풀고 있다

어쩌면 푼다는 것은 돌아가는 과정
쉬 갈 수 있도록 가벼워지는 것이리라

자신이 쥔 한 점부터 떠난 누군가의 흔적까지
남겨질 정적마저 비우는 것이리라

누구나 알지만 아무나 할 수 없는 그것

—「녹슨 나사」 전문

공교롭게도 '딱풀', '스테이플러', '나사'는 다 그것이 동질과 동질이든, 이질과 이질이든 '무엇과 무엇'을 결합하는 데 사용하는 사물이다. 또한, 이 나열은 결합의 강도를 지시할 수도 있고, 그것의 사용 가능 횟수에 따라 나열할 수도 있다. 시인은 '딱풀'의 희생에 이어, '스테이플러'의 안정성을 말한다. 스테이플러를 "팔짱 낀 장정 두 팔 벌린 아낙"으로 의인화함으로써 거기 묶인 것들을 '한 가족'으로 묶어내는 것이다. 반면에 '나사'는 '녹슨'이라는 강력한 수식으로 '딱풀'이나 '스테이플러'와의 차이가 강조된다. 사실 나사는 더 크고 억세게 버티는 힘으로 단단하게 결합할 수 있지만, 또한 '잠그고 풀 수 있는 것'이라는 자체의 특성 때문에 앞의 결합체들과는 다른 양상을 보인다. 여기서 '녹슨'이란 방향의 상실, 즉 잠금과 풀림의 어느 방향으로도 제 기능을 다할 수 없는 상태를 드러낸다. 서두에서 너무 멀리 와버렸지만, 시인은 대자적 사물을 통해, 그 의인화를 통해 결국 자신의 이야기를 하고 있다. 그것은 구조주의적 사유처럼 일반 사물을 가족관계로 치환해서 그 관계를 통한 자기성찰과 나아가 자기 위치를 확인하려는 시도이다. 여기서 또 하나 주목할 점은 '딱, 풀'처럼 언어유희가 가능한 상황과 그것을 실행하는 무의식적 의도이다.

한 지붕 아래 세쌍둥이라도
색깔부터 다른 그들
치와와 앵무새 금붕어처럼
가는 길 누울 자리 제각각이라는 것
안 봐도 안다

언젠가 도원결의했을 그들
바늘구멍 앞에서
함께할 수 없다는 것
질 수 없다는 것

속으론 굳히고 있었으리라
마냥 기다리는 동안
제 명 또한
자신만의 일이 아님을 알았으리라

가끔
검정 머습이
빨강 파랑의 안녕을 묻는다

—「삼색 볼펜」 전문

대량생산된 제품을 의인화하면서 시인은 여기서도 '마음(안녕)'을 문제 삼는다. (지금 이 순간에도 내가 삼색 볼펜을 쓰고 있음에 깜짝 놀란다. 무슨 기념품인데 '파랑과 빨강 머슴'을 다 써 검정만 남았다.) 실용과 편리의 결과를 '세쌍둥이', '도원결의'로 의인화하는 것이야 시인의 기본적인 시작 특색임을 알았으니, 다음 문제는 왜 자꾸 이 사물들을 이른바 '가족구조' 안에서 호명하는가에 대해 생각해보는 것뿐이다. 굳이 '화용론'을 언급하지 않더라도 '언어유희'는 발화자와 수용자의 심리적 거리가 매우 가까울 때만 그 본래 의미가 살아나는 발화법이라는 것을 새삼 인식할 필요가 있다. 인용 작품의 마지막 연, "가끔/검정 머슴이/빨강 파랑의 안녕을 묻는다"의 의미는 '세쌍둥이'나 '도원결의'에서 비롯하는 것이라기보다 "바늘구멍 앞에서/함께할 수 없다는" 세상의 법칙 때문이라고 읽어야 한다.

권순학 시인은 언어 구조인 '가족'의 개념을 통해 자신의 '몸의 가족'을 말하는 것일 수도 있고, 혹은 대자적 존재를 '가족—구조' 안에서 호명하고 응답하고 다시 호명하면서 자기 존재를 확고히 하려는 것일지도 모른다.

저것들 다 잡아다가
하나도 남김없이
꼬면 실 될까
심으면 꽃 필까
바르면 천사 될까
팔면 부자 될까
먹으면 어른 될까
생각한 적 있었다

무료급식 옥수수빵 하나
책보 속에 싸매 달릴 때
무명 치마 한 조각
이름표 아래 꼭꼭 숨을 때
노랑나비 하나
훨훨 날아갈 때

—「아지랑이」 전문

시인에게도 '사물'이 그냥 '저것들'이었던 때가 있었나 보다. '아지랑이'는 실체가 불분명해서 더 매혹적이다. 가난한 시절의 판검사나 교사, 면서기보다 더 실제적인 것은 '아지랑이'가 피워 올린 몽롱함과 나를 벗어던질 수 있다는 일말의 두려운 기대감이니까.

시인은 '저것들'을 잡아, "꼬면 실 될까/심으면 꽃 필까/바르면 천사 될까/팔면 부자 될까/먹으면 어른 될까" 온갖 궁리의 시절을 추억하지만, '궁리'가 '궁극'이 된 지금의 심리와 자기 지향을 그대로 잘 보여주기도 한다.

둥긂을
궁금이라 하리

직선 아닌 곡선적 천성에 맞게

둔각보다 평안한 둥긂
직각처럼 이별 없고
예각처럼 모나지 않은 이름으로

때로는 얼음만큼 차거나

체온보다 뜨거운 내면답게

찾아오는 누구나 그냥 그대로 안아주는
한 점부터 무한까지 품은
모성애 같은

궁금, 그것뿐이리

—「둥긂에 대하여」 전문

어린아이가 '아빠'를 배워야 하는데 '오빠'를 귀에 담아 아빠를 지시하면서 '오빠'라고 발음하듯이, 자주 우리는 "둥긂을/궁금이라" 한다. 무의식이 자기를 드러내는 착오와 거의 같다 하겠다. 시인은 이렇게 스스로 착오 아닌 착오를 거듭하는 이유를 "직선 아닌 곡선적 천성에 맞게" 원래였던 '모성애'의 품으로 회귀하려는 열망으로 풀어낸다. 시니피앙, 즉 표면적으로 발음되거나 표기되는 것, 그 이면에 시인이 발화하지 않았거나 다른 의미로 미끄러지길 원했던 시니피에가 있음을 시인은 언어유희, 이 작품의 경우 '발음상 유사성'을 통해 드러내고 있다.

2.

권순학 시인은 대자(對自)를 통해 형성되는 존재를 의식하는 순간 극복하면서 존재의 현현을 극대화하려는 방향으로 시작(詩作)의 중심을 잡은 것 같다. 유추하자면, 시인은 사물을 '가족—관계'로 다시 호명할 수 있게 되면서 '가족'의 의미를 다시 세울 수 있게 되었지만, 동시에 '관계'가 사실은 언어의 표상으로 드러나는 것 이상으로 깊이 원천에서 흐른다는 사실도 성찰하게 되었다.

따스하지만
천성이 직진이다

그 먼 길 쉼 없이 달려왔지만
꼼짝 않는 바위 앞에선
어쩔 수 없나 보다

마주치면 원할 때만 기우는 동물처럼
아름다운 순간엔 누구나 흔들리는 것처럼

누구나 오를 높이
미끄러지지 않을 기울기로 다가온다

더 이상 갈 곳 없는 허공

그리 많은 줄 몰랐으리라

저리 간절한 줄 더욱더 몰랐으리라

가진 아픔 짊어진 무게 그대로

품에 안기는 영혼들

그만의 높이

그만의 기울기로

혼자 아닌 자신을 확인한다

—「햇살의 힘」 전문

누구나 알고 있지만, '햇살'은 직선이고 그저 주어지는 것일 뿐, 재생할 수 없는(물론 한 회로 안에서 변형은 가능하지만) '힘(에너지)'이다. 시인은 자신을 '햇살'에 비유했을 때 "가진 아픔 짊어진 무게 그대로/품에 안기는 영혼들"이 지속해서 자기에게 작동한다는 걸 안다. 다른 작품, 「물의 힘」에서는 "속으로 하소연과 기도는 해도/절대 탓은 않는 거라/그러면서 하늘까지 가는 거라/그게 물인 거라"라고 유연하게 자기를 비유한다.

시인은 "가진 아픔 짊어진 무게 그대로" 직선으로 쏟아지는 자기 확인의 순간들과 "혼자 웃고 울며 거북에게 가면서도/그 누구에게 강요하지 않는 거라/속으로 하소연과 기도는 해도/절대 탓은 않는" 그 사이, 시적으로 '차이'에 존재한다.

권순학 시인은 이번 시집, 『너의 안녕부터 묻는다』를 통해, 클로드 레비 스트로스와 에마뉘엘 레비나스의 소위 사유의 '인사'라는 개념을 새롭게 떠올리게 한다. 주지의 사실이지만 '안부'는 실제 사실에 의지하지 않는 의례적인 표현이다. 시인은 '안부'가 아니고 '안녕'을 묻는다. 너는 늘 '안녕'해야 한다는 것은 굳은 믿음과 일종의 기도를 포함한다. 시인은 말 그대로 기복(祈福)인 기도를 희화하면서 이렇게 선언한다. "이루어지지 않는 기도라도/이루어질 수 없는 기도라도/해야 기도다/삶이 기도고 기도가 삶이다"(「기도라는 것」)라고.

시인이라 명명되는 것은 '딱풀' 같거나 '발치'처럼 어떤 순간의 감정으로 정의 내리거나 규정할 수 없는 상태의 존재를 말하는 것일지도 모른다. 시인은 차분한 마음으로 많은 작품을 보여준다. 잘 모르지만 늘 가까웠던 사람의 주머니에서 본 '꽃'이거나, '발치'의 아픔이 남은 그런 표현들이 시집 곳곳에 새겨져 있다.

가보지는 못했지만

이 땅 어딘가에
노을마다 떨어지는 새의 깃털 같고
마지막 날갯짓 같은 파도 있을 것 같다

해도 왜구도 삼킨 그곳이지만
피지 못한 꽃 꺾은 모가지 어쩌지 못해
울고 있을 물길 있을 것 같다

보지는 못했지만

절단된 시간 표류하는 거기 어디쯤
침몰하는 그 아침 '사랑 ㅎ' 미완성 문자도
끊이지 않는 절규도 있을 것 같고
그 모든 것 외면한 걷히지 않는 안개 속
무언가 숨어 있을 것만 같다

꾸역꾸역 돌아오는 봄이지만

아직 돌아오지 않는 그 꽃 달아보지 못했지만
믿음이 기다림을 버티게 하는 그 포구 어귀
노란 리본 있는 한
어떤 의심보다 먼저
그 바다 통째 건질 누군가 꼭 있을 것만 같다

이 땅 어딘가에

—「이 땅 어딘가에」 전문

사실 이렇게 쓰고 싶었다. '안부'를 묻는 건 시대적 문화의 일반적인 행태이고, '안녕'을 묻는 건 이 시대적 분위기를 거부하는 자기 표지라고. 사랑하고, 사라지고, 그리워하지 않는 그 누구, 어떤 대상에 대해서는 우리는 '안녕'을 묻지 않는다. 그러므로 시인의 기도는 여기에 있다. '안녕'을 묻는 게 아니라, 물음을 통해 아니 그 이전부터 당신이 안녕해야 한다고. 우리가 그런 존재라는 걸 알리는 시인의 슬픈 음성이 자꾸 귓전을 맴돈다.

손금이
왜 손바닥에 있는지 알려거든
눈앞이 캄캄할 때
쥐었던 주먹
연꽃 피는 속도로 펴 봐라
점점 짙어지고
굵어지며 늘어나는 길들
그 길 홀로 가다 보면
누구나 저절로
다시
주먹 쥐게 된다

—「누구나」 전문

어디론가 '안녕'을 전하고, 다시 그것을 물음으로 치환하고, 끝내 인사로 주고받겠다, 생각하는 것은 자기 확신과 여러 방법적 모색을 수반할 수밖에 없다. 시인은 격렬한 형태는 아니지만 여러 방식과 시도를 통해 시적 자기 기도, 즉 타자와의 관계 맺음에 망설이지 않는 모습을 보여준다. 누구나, 누구에게나 '안녕'을 묻고, 내가 늘 살아있음으로 변화를 기도하는 그만큼의 기도로 자신의 '안녕'을 묻는다.

시인동네 시인선 144

너의 안녕부터 묻는다

초판 1쇄 인쇄 2021년 1월 22일
초판 1쇄 발행 2021년 1월 29일
지은이 권순학
펴낸이 김석봉
디자인 헤이존
펴낸곳 문학의전당
출판등록 제448-251002012000043호
주소 충북 단양군 적성면 도곡파랑로 178
전화 043-421-1977
전자우편 sbpoem@naver.com

ISBN 979-11-5896-502-0 03810